Der Blechbauchmaier
Serpentina Hagner

Der Blechbauch- maier

Serpentina Hagner

Edition Moderne

EMIL MEDARDUS HAGNER, GENANNT MIGGEL, ALS KIND MIGGELI

MIGGELI IST DIE HAUPTFIGUR DER GESCHICHTE UND VATER DER AUTORIN. ER FÜHRT SOZUSAGEN ALS ROTER FADEN DURCH DIE ERZÄHLUNGEN. MIGGEL WURDE AM 11. OKTOBER 1921 IN ZÜRICH GEBOREN UND WUCHS IM ARBEITER- UND PROSTITUIERTENMILLIEU DES ZÜRCHER "SCHERBENVIERTELS" AUF. MIT SECHS JAHREN ERFUHR ER VON SEINER MUTTER KÄTHI, DASS ER EIN KUCKUCKSKIND SEI, DIES ABER AUF KEINEN FALL SEINEM KUCKUCKSVATER EMIL VERRATEN DÜRFE. EIN SEHR BELASTENDES GEHEIMNIS FÜR EINEN SECHSJÄHRIGEN! SCHON FRÜH BEGANN MIGGEL ZU ZEICHNEN. MÄRCHEN ZOGEN IHN BESONDERS AN. ALS ERWACHSENER ARBEITETE ER IN DEN VERSCHIEDENSTEN BERUFEN UND MALTE IN SEINER FREIZEIT SELTSAME VISIONEN VON ELEMENTARGEISTERN, ELFEN, KOBOLDEN SOWIE TRÄUME VON FREMDEN LÄNDERN. DESWEGEN NANNTE ER SICH SELBST "MÄRCHENMALER VON ZÜRICH". ER ZEICHNETE VIELE EPISODEN AUS SEINEM LEBEN AUF KLEINE POSTKARTEN. SIE ERZÄHLEN VON EINER UNBEKANNTEN SEITE ZÜRICHS UND DER SCHWEIZ, SO ZUM BEISPIEL VON DER WELT DER FAHRENDEN IM WINTERQUARTIER DER HARDAU. AUSZÜGE AUS DEN ORIGINALEN AUFZEICHNUNGEN FINDET MAN IM HINTERSTEN TEIL DES COMICS.

KÄTHI HAGNER GYR

MIGGELIS MUTTER, EHEFRAU VON EMIL HAGNER. SIE STAMMTE AUS STEINEN IM KANTON SCHWYZ UND BETONTE GERN, DASS SIE EINST DIE ZWEITSCHÖNSTE DES DORFES GEWESEN SEI. EBENSO STOLZ WAR SIE AUF IHRE BEINE, DIE SIE NOCH IM HOHEN ALTER OFT ENTBLÖSSTE UND ERWÄHNTE, DASS SIE GEWISS SO SCHÖN SEIEN, WIE DIE VON MARLENE DIETRICH. SIE WAR EINE EINFACHE ABER LISTIGE PERSON, TRAUMATISIERT DURCH IHRE KINDHEIT IN GROSSER ARMUT UND IHREM ALKOHOL-ABHÄNGIGEN VATER. SIE LITT AN STARKEN PANIKATTACKEN, WIEDERKEHRENDEN ANGSTZUSTÄNDEN UND SCHULDGEFÜHLEN, DENN ALS FOLGE IHRER STRENG KATHOLISCHEN ERZIEHUNG WAR SIE ÜBERZEUGT, FÜR IHRE VIELEN "SÜNDEN" WENN NICHT IN DER HÖLLE, SO DOCH ZUMINDEST IM FEGEFEUER ZU LANDEN. IMMER WIEDER ERZÄHLTE SIE MIR, IHRER ENKELIN, ALS ALTE FRAU MIT VOR ANGST ZITTERNDER STIMME:
"DU WEISST DOCH, WIE SEHR ES SCHMERZT, WENN MAN SICH DEN FINGER VERBRENNT. SO EINEN SCHMERZ ERLEIDEST DU IM FEGEFEUER UNUNTERBROCHEN AN JEDEM TEIL DEINES KÖRPERS. UND WENN DU SO SCHWER WIE ICH GESÜNDIGT HAST, DAUERT DIESER SCHMERZ TAUSENDE VON JAHREN, BEVOR DIR GOTT VERZEIHT UND DICH IN DEN HIMMEL HOLT."

EMIL HAGNER

EMIL, KÄTHIS EHEMANN, WAR DER KUCKUCKSVATER VON MIGGELI, WAS ER ABER NIE ERFAHREN HAT. ER WAR DER UNEHELICHE SOHN VON PAULINE HAGNER. WIE SIE UND SEINE TANTE MINA TRÄGT ER EINEN TEIL ROMABLUT IN SICH. DURCH DEN STEMPEL DES "UNEHELICHEN ZIGEUNERKINDES" HATTE ER ES SCHWER ALS KIND. DER LEHRER SCHIMPFTE IHN BEREITS AM ERSTEN TAG SEINER EINSCHULUNG, EIN UNEHRLICHER MENSCH ZU SEIN. 1914 SORGTE SEIN VATER, DER IHN NIE ÖFFENTLICH ALS SOHN ANERKANNTE, BEI WELCHEM ER ABER ALS SOGENANNTES PFLEGEKIND AUFWUCHS, IMMERHIN DAFÜR, DASS ER EINGEBÜRGERT WURDE. DIES, WEIL DIE FAMILIE BEFÜRCHTETE, DASS EMIL SONST ALS GEBÜRTIGER DEUTSCHER IN DIE DEUTSCHE ARMEE EINGEZOGEN UND AN DIE FRONT GESCHICKT WÜRDE.

PAULINE HAGNER

PAULINE, MIGGELIS GROSSMUTTER UND EMILS MUTTER, WAR DIE TOCHTER EINER UNGARISCHEN ROMA, WELCHE IM BADEN-WÜRTTEMBERGISCHEN LAMPOLDSHAUSEN EINEN FORSTARBEITER GEHEIRATET UND SESSHAFT GEWORDEN WAR. PAULINE SCHLOSS SICH ALS JUGENDLICHE EINER GRUPPE FAHRENDER SCHAUSTELLER AN UND ARBEITETE IN DEREN SCHIESSBUDE. SO GELANGTE SIE 1899 NACH ZÜRICH ANS ERSTE KNABENSCHIESSEN IM ALBISGÜETLI. HIER LERNTE SIE EMIL HONEGGER, DEN VATER VON EMIL KENNEN UND LIEBEN, BLIEB WEGEN IHM HIER UND ARBEITETE ALS KELLNERIN. ALS SIE SCHWANGER WURDE, VERLIESS HONEGGER SIE. PAULINE VERLOR WEGEN IHRES UNEHELICHEN SÖHNCHENS EMIL IHRE ARBEIT. DARAUFHIN GAB SIE EMIL SEINEM VATER HONEGGER, DER IHN ZWAR ALS PFLEGESOHN AUFNAHM, ABER NICHT ÖFFENTLICH ALS EIGENEN SPROSS ANERKANNTE. PAULINE BEGANN SICH MANGELS ANDERER ARBEIT ZU PROSTITUIEREN UND ANGELTE SICH MIT VIEL SCHLAUHEIT UND LIST DEN REICHEN FABRIKANTEN HUGENTOBLER. MIT IHM BEKAM SIE IHREN ZWEITEN SOHN JAQUI, WELCHEN SIE, IHM GEGENSATZ ZU IHREM ERSTEN SOHN EMIL, SEHR LIEBTE. HUGENTOBLER STARB SEHR JUNG UND HINTERLIESS PAULINE EIN GROSSES VERMÖGEN. PAULINE SOLL EINE ZIEMLICH HERRISCHE PERSON GEWESEN SEIN, DIE DURCH IHR SCHICKSAL GELERNT HATTE, SICH DURCHZUSETZEN. MEHRMALS WURDE MIR ÜBER SIE FOLGENDE ANEKDOTE ERZÄHLT: IM HOF DER MÜHLE, DIE PAUL HUGENTOBLER GEHÖRTE, GERIET SIE IN EINEN STREIT MIT EINEM VIEHHÄNDLER, VIELLEICHT WEGEN DEM KAUF EINES PFERDES. DIE AUSEINANDERSETZUNG SOLL SCHLIESSLICH DERART ESKALIERT SEIN, DASS SIE DEN MANN MIT DER REITPEITSCHE VON IHREM HOF PRÜGELTE.

JAQUI HUGENTOBLER

JAQUI WAR DER HALBBRUDER VON EMIL HAGNER. ER WAR DER SOHN VON PAULINE UND IHREM MANN, DEM FABRIKANTEN HUGENTOBLER. SEIN VATER STARB FRÜH UND HINTERLIESS IHM UND SEINER MUTTER EIN GROSSES VERMÖGEN. JAQUI WURDE SCHON ALS KIND SEHR VERWÖHNT. ER VERKEHRTE ALS JUNGER MANN IN ZÜRICHS KÜNSTLERKREISEN UND MAN MUNKELT, DASS ER SEIN VERMÖGEN MIT VOLLEN HÄNDEN VERSCHLEUDERTE UND MORPHINIST GEWORDEN WAR. SEINE MUTTER PAULINE WAR ABER TROTZ ALLEM EINE SEHR WICHTIGE PERSON FÜR IHN. ER NAHM SICH SCHON FRÜH DAS LEBEN.

TANTE MINA

MINA WAR DIE JÜNGSTE SCHWESTER VON PAULINE, TANTE VON EMIL UND GROSSTANTE VON MIGGELI. SIE KAM DANK PAULINE IN DIE SCHWEIZ UND HEIRATETE HIER ADOLF, EINEN TRAMWAGENFÜHRER. ZU IHREM GROSSEN BEDAUERN KONNTEN DIE BEIDEN KEINE KINDER KRIEGEN. DAFÜR UMSORGTE TANTE MINA LIEBEVOLL IHRE NEFFEN EMIL UND JAQUI UND IN SPÄTEREN JAHREN EMILS SOHN MIGGELI, IHREN GROSSNEFFEN. EIN PAAR JAHRE NACH DEM TOD IHRES MANNES ADOLF, HATTE SIE EINEN NEUEN SCHATZ, DEN BLECHBAUCHMAIER. IHN BESUCHTE SIE FAST TÄGLICH IM DAMALIGEN WINTERQUARTIER DER FAHRENDEN, DER HARDAU, EINEM UNBEBAUTEN GRUNDSTÜCK IM WESTEN ZÜRICHS.

BENEDIKT GYR,

BENEDIKT, DER VATER VON KÄTHI UND GROSSVATER VON MIGGELI, WAR LANDJÄGER, ALSO DORFPOLIZIST, IN STEINEN IM KANTON SCHWYZ. IN DIESER ZEIT WAR LANDJÄGER ALLES ANDERE ALS EIN ANGE- SEHENER BERUF. IHN ÜBTEN VOR ALLEM LEUTE OHNE BILDUNG UND AUS ÄRMSTEN VERHÄLTNISSEN AUS. SIE HATTEN VOR ALLEM DIE AUFGABE, NOCH ÄRMERE, VOR ALLEM FECKER (FAHRENDE) UND LANDSTREICHER, VOM GEMEINDEGEBIET ZU VERTREIBEN. FÜR BENEDIKT GYR EINE SCHWIERIGE ARBEIT, DA ER EIN WEICHES HERZ HATTE. OFT GAB ER DEN ÄRMSTEN HEIMLICH VON DEM WENIGEN, DAS ER SICH UND SEINER FAMILIE VOM MUND ABGESPART HATTE. SEINE VIELEN SORGEN UM SICH UND SEINE FAMILIE ERTRÄNKTE ER OFT IN "KAFI-SCHNAPS", DEM "NATIONALGETRÄNK", WIE ER ES NANNTE.

ESTHER GYR-BEER

ESTHER, DIE MUTTER KÄTHIS UND GROSSMUTTER VON MIGGELI, WAR HALBJÜDIN. IHR VATER, DER JÜDISCHSTÄMMIGE ABRAHAM BEER, HATTE EINE KATHOLISCHE "SCHICKSE" GEHEIRATET UND WAR AUS LIEBE ZU IHR ZUM KATHOLISCHEN GLAUBEN ÜBERGETRETEN. ESTHER WUCHS IN SEHR ARMEN, STRENG KATHOLISCHEN VERHÄLTNISSEN IN DER INNERSCHWEIZ AUF. AN DER STEINER CHILBI VERLIEBTE SIE SICH BEIM TANZ IN DEN JUNGEN LANDJÄGER BENEDIKT GYR. NACH DER HEIRAT MIT IHM WURDE SIE MUTTER VON INSGESAMT SECHS KINDERN.

BLECHBAUCHMAIER

SEIN RICHTIGER NAME IST UNBEKANNT, MAN NANNTE IHN NUR DEN BLECHBAUCHMAIER. WESHALB ER DIESEN SPITZNAMEN TRUG, ERFÄHRT MAN IN DIESEM BUCH. DER BLECHBAUCHMAIER WOHNTE IN EINEM WOHNWAGEN IN DER HARDAU, DEM DAMALIGEN WINTERQUARTIER DER FAHRENDEN UND WAR DER SCHATZ VON TANTE MINA. ZUR GROSSEN FREUDE VON MIGGELI BESASS DER BLECHBAUCH- MAIER EINEN ZAHMEN RHESUSAFFEN NAMENS KÖBELI, NEBEN TANTE MINA UND MIGGELI SEIN BESTER FREUND.

RECHTSANWALT KLÖTI

KLÖTI, EIN SCHLITZORIGER CHARMANTER JUNGER RECHTSANWALT, DER GERNE AUCH SCHANKWIRT GEWORDEN WÄRE, WAR STAMMGAST IN PAULINES NOBLER WEINSTUBE UND IHR GROSSER SCHWARM.

Es war einmal
in der Schweiz

JEDE WOCHE TRAF ICH MICH MIT MEINEM VATER ZU EINEM SPAZIERGANG.

DORT, IM HELMHAUS, WAR IN DEN 30ER-JAHREN EINE HÜBSCHE KONDITOREI MIT CAFE.

DER WIRT WAR DER SCHAUSPIELER EMIL HEGETSCHWEILER, MITBEGRÜNDER DES LEGENDÄREN CABARETS CORNICHON.

SPIELTE DER NICHT AUCH IM FILM "BÄCKEREI ZÜRRER"?

GENAU DER! ALS DEKORATEURLEHRLING HAB ICH IHM JEWEILS DAS SCHAUFENSTER GESTALTET!

MANCHMAL HAT SIE SICH SOGAR MITTEN IM RESTAURANT DIE FÜSSE GEWASCHEN! ZWISCHEN ALL DEN GÄSTEN!

MIT IHREM VIERTEN UND LETZTEN EHEMANN, DEM 25 JAHRE JÜNGEREN AEBERLI, BEGANN SIE DANN RICHTIG VIEL ZU TRINKEN.

WAS, DER VIERTE EHEMANN?

JA! SCHON DAMALS WAR DAS UNÜBLICH.

ABER WARUM IST SIE WIEDER IM ROTLICHTMILIEU GELANDET? DAS LETZTE MAL HAST DU DOCH ERZÄHLT, DASS SIE DEN REICHEN FABRIKANTEN HUGENTOBLER GEHEIRATET HABE UND SICH SO VON DIESEM MILIEU LÖSEN KONNTE.

DAS STIMMT JA AUCH. ABER DAS SCHICKSAL HAT IHR ÜBEL MITGESPIELT. IHR ERSTER MANN, DER HUGENTOBLER, IST 1918 AN DER SPANISCHEN GRIPPE GESTORBEN. DA WAR SIE VORERST ALLEINE MIT DEM 16-JÄHRIGEN SOHN JAQUI UND DER ERERBTEN FABRIK IHRES VERSTORBENEN GATTEN.

MIT DER FABRIK KAM SIE NICHT ZURECHT, VERKAUFTE SIE ABER BALD VORTEILHAFT UND KAM MIT JAQUI WIEDER IN DIE NÄHE VON ZÜRICH. HIER LERNTE SIE DANN NACH EINIGEN JAHREN IHREN ZWEITEN MANN, DEN JUCKER, KENNEN.

DER JUCKER WAR EBENSO VERMÖGEND WIE PAULINE. ER WAR WIRT IM SCHWANEN IN RAPPERSWIL UND BEWOHNTE EINE WUNDERSCHÖNE JUGENDSTIL-VILLA IN RÜTI.

DORT HABEN SPÄTER AUCH MEINE ANDEREN GROSSELTERN, DIE GYRS, BEI GROSSMUTTER PAULINE GEDIENT.

Pauline und
die Grosseltern Gyr

Nochmals von vorn: Pauline hat also wieder einen reichen Mann, den Jucker, seines Zeichens Schwanenwirt in Rapperswil, geheiratet. Es dauerte aber nur ein paar Jahre und schon war sie wieder Witwe: Jucker fiel im Suff die Treppe hinunter und brach sich dabei das Genick. In Rapperswil munkelte man, sie hätte den Betrunkenen die Treppe hinuntergestossen, aber im Prozess, den seine Söhne aus seiner ersten Ehe, auch wegen dem Erbe, gegen sie angestrengt hatten, ist sie mangels Beweisen freigesprochen worden. Sie hat dann auch von diesem zweiten Mann nochmals viel geerbt, unter anderem auch die schöne Jugendstilvilla in Rüti. Ich, als ihr Enkel, habe meiner Grossmutter durchaus zugetraut, dass sie den Jucker gestossen hat, so despotisch, wie sie zu uns allen sein konnte. Anscheinend hatten die beiden am Schluss ja nur noch gestritten. Pauline führte dann den Schwanen eine Zeitlang allein.

Die Grosseltern Gyr waren das pure Gegenteil von Pauline, lieb und arm wie Kirchenmäuse. Grossvater Gyr war früher Landjäger in Steinen im Kanton Schwyz gewesen. Weil er und Grossmutter Gyr nun von einer winzigen Pension leben mussten, waren die beiden froh, als Pauline sie im Schwanen als Hilfskräfte einstellte. Grossmutter Gyr als Buffettochter und in der Küche, der Grossvater Gyr als Mann fürs Grobe.

DER EINZIGE HAKEN AN DER SACHE
WAR PAULINES ARROGANTE ART.

ES TUT MIR SEHR
LEID, PAULINE, ABER ICH MUSS
DICH DOCH NOCHMALS FRAGEN:
KOMMEN DIE VERFLIXTEN
FISCHMESSER NUN RECHTS
ODER LINKS HIN?

HÄTTEST DU DEINE
HORCHLAPPEN AUFGESPERRT,
MÜSSTEST DU JETZT
NICHT SO SAUBLÖD
FRAGEN!

WEIL SIE SIE IMMER SO VON OBEN HERAB
BEHANDELTE, HAT SICH GROSSVATER GYR
AB UND ZU AUF SEINE ART GERÄCHT.

WER HÄTTE GEDACHT, DASS ER
EINST LANDJÄGER GEWESEN WAR!

DIE RACHE TAT IHM GUT UND VERSÖHNTE
IHN MIT PAULINES SCHROFFEM UMGANG.

14

AUCH DER HAUSMEISTER DER VILLA HATTE MÜHE MIT PAULINES TYRANNISCHER ART UND KÜNDIGTE SEINE STELLE. VIELLEICHT AUCH, WEIL ER NICHT AN PAULINES UNSCHULD AM TOD DES SCHWANENWIRTS GLAUBTE. UND SO KAMEN DIE GYRS NACH RÜTI ...

DAS IST EINE SCHÖNE ARBEITSSTELLE, DIE ICH EUCH ANBIETE! DU, ESTHER, MACHST DEN HAUSHALT UND KOCHST FÜR MICH, WENN ICH AM WOCHENENDE DA BIN.

UND DU, BENEDIKT, BIST ZUSTÄNDIG FÜR DIE VILLA UND DEN PARK.

WAS MEINT IHR?

ES IST SEHR SCHÖN HIER, NICHT WAHR, ESTHER? WIR NEHMEN DAS ANGEBOT GERN AN.

BALD DARAUF...

HIN UND WIEDER BRACHTE PAULINE JAQUI, DEN BRUDER MEINES VATERS, NACH RÜTI, OBWOHL ES IHM IN ZÜRICH BESSER GEFIEL.

BRING JAQUIS TASCHEN GLEICH RAUF, BENEDIKT!

MAN MUNKELTE, ER WÜRDE IN MORPHINISTENKREISEN VERKEHREN UND DORT SEIN ERBE VERPRASSEN.

SO, HIER IST DER BRATEN, MIT RÜEBLI UND *BOWÄÄRLI.

KÖSTLICH, ESTHER! DA HAB ICH JETZT APPETIT DRAUF! DU NICHT AUCH, JAQUI?

WENN ER IN RÜTI AM TISCH SASS, SPIELTE SICH OFT DIESELBE SZENE AB ...

TUT MIR LEID, ICH HABE KEINEN HUNGER! ICH BEREUE SCHON, DASS ICH MITGEKOMMEN BIN! WÄRE ICH NUR IN ZÜRICH GEBLIEBEN!

AM LIEBSTEN WÜRDE ICH GLEICH WIEDER GEHEN!

ICH FAHRE DICH BESTIMMT NICHT ZURÜCK!

ICH KÖNNTE JA DEN ZUG NEHMEN!

*BOWÄÄRLI = FRISCHE GRÜNE ERBSEN (VOM FRANZÖSISCHEN "POIS VERTS" ABGELEITET)

15

16

WENN DER GROSSVATER MICH ZUM LACHEN BRINGEN WOLLTE, SPIELTE ER NOSFERATU. DEN FILM HATTEN WIR MAL ZUSAMMEN GESEHEN.

ER SCHOB DEN UNTERKIEFER VOR UND LIESS SEIN GEBISS RAUSRUTSCHEN.

AM LUSTIGSTEN WAR, WENN IHM DABEI DAS GEBISS RAUSFIEL. DANN HOB ER ES EINFACH WIEDER AUF UND SCHOB ES IN DEN MUND, ALS WÄRE NICHTS GEWESEN.

AUCH GROSSVATER HATTE EINE SUCHT – DEN SCHNAPS.

"KANTON MORD UND TOTSCHLAG" NANNTE ER SEINE HEIMAT, DEN KANTON SCHWYZ. VIELLEICHT, WEIL ES DAMALS AN DER FASNACHT OFT SCHLIMME SCHLÄGEREIEN, MANCHMAL SOGAR TOTE, GAB..

DAS WAR EIN GEFÄHRLICHES GETRÄNK!

SCHAU, MIGGELI, SO WIRD DAS NATIONALGETRÄNK IM KANTON MORD UND TOTSCHLAG GEMACHT: KAFFEE INS GLAS, BIS MAN DEN BODEN NICHT MEHR SIEHT ...

...UND DANN SO VIEL SCHNAPS DRAUF, BIS MAN DEN BODEN WIEDER DEUTLICH SIEHT.

OH, SO VIEL SCHNAPS?

ALS ER EINMAL ZU VIEL DAVON GETRUNKEN HATTE ...

ISCH SCHAG DIR EINS, MIGGELI, DASCH NASCHIONALGETRÄNK ISCH EINFACH KÖSCHTLISCH ...

BENEDIKT, HERRJEMINE, HAST DU WIEDER ZU VIEL GETRUNKEN?

REISS DICH ZUSAMMEN, PAULINE HAT GERADE ANGERUFEN!

SIE KOMMT HEUTE MITTAG MIT EIN PAAR NOBLEN HERRSCHAFTEN VORBEI!

SCHOSCHO? DA FÄLLT MIR JA WAS GAAANZ LUHUSTIGES EIN, WIE ICH SIE EMPF..ANGEN KÖNNTE!

DER PAULINE GE..FÄLLT DOCH SSCCH...ICHER EIN SCHPÄSSCHEN VON MIR! HIHIHI!

MACH BITTE KEINE DUMMHEITEN, BENEDIKT!

PAULINES ANKUNFT...

SEIT WANN HABEN WIR EINEN HUND IM HAUS?

WAU! WAU! WAU!

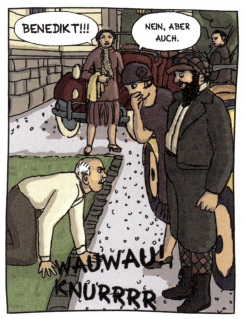

EINMAL, IM FRÜHLING, HATTE PAULINE IHREN BESUCH
ANGEKÜNDIGT, ZUSAMMEN MIT GÄSTEN, UND SICH
ALS VORSPEISE EIN KREBSSÜPPCHEN GEWÜNSCHT.

HERRGOTT
NOCHMAL!

WAS REGT
DICH SO AUF,
ESTHER?

ICH WEISS GAR NICHT,
WO ICH SO SCHNELL SO VIELE
KREBSE AUFTREIBEN KANN.

BEIM METZGER
HAB ICH NUR EIN HALBES PFUND
BEKOMMEN! DAS REICHT GERADE
FÜR DIE DEKORATION!

ES IST UNMÖGLICH,
BIS MORGEN MEHR
DAVON ZU BESCHAFFEN!
WAS SOLL ICH
BLOSS TUN?

WENN ICH PAULINE ANRUFE
UND ABSAGE, IST SIE WIEDER
SO WÜTEND.

DU HAST DOCH MAL
VON EINER MAIKÄFERSUPPE
ERZÄHLT, DIE DU ALS KÖCHIN
IM ARMENHAUS FÜR DIE INSASSEN
KOCHEN MUSSTEST.

DEINE
DAMALIGE CHEFIN HAT
DOCH BEHAUPTET, DIE WÜRDEN
GENAUSO GUT SCHMECKEN WIE
KREBSSUPPE! IM PARK GIBT'S
ZURZEIT MEHR ALS GENUG
VON DEN DINGERN.

UND SO, IN DER MORGENDÄMMERUNG...

KOMM, WIR LEGEN
DAS TUCH UNTER DEN
AHORN! DANN SCHÜTTLE
ICH DIE KÄFER REIN!

HEI, DA SIND ABER
VIELE. ICH GLAUBE DAS
REICHT, ODER? DU HAST
DOCH GESAGT, DASS DU
ETWA DREISSIG
BRAUCHST.

GOTT SEI
DANK, BIN ICH
FROH!

JAJA, ABER
WEISST DU, AUCH WENN
IHR DIE SUPPE SCHMECKT,
FINDET SIE BESTIMMT
ETWAS ZUM
MECKERN.

JA, SO IST
SIE HALT!

KANN ICH DIR HELFEN, ESTHER?

DU KÖNNTEST FÜR MICH DIE KÄFER IM MÖRSER GUT ZERKLEINERN. ICH KOCHE INZWISCHEN DEN HAUPTGANG.

IST'S GUT SO?

WUNDERBAR, TU SIE GLEICH IN DIE PFANNE. ICH BRATE SIE IN BUTTER AN.

NOCH GEHACKTEN KNOBLAUCH DAZU, EIN HALBES STÜNDCHEN KÖCHELN LASSEN UND DANN ABSIEBEN.

ALS DIE GÄSTE DANN DA WAREN...

SO, FERTIG. JETZT NOCH MIT EINEM KLACKS SCHLAGRAHM, BROTWÜRFELN UND EIN PAAR RICHTIGEN KREBSEN GARNIEREN, DANN KÖNNEN WIR SERVIEREN.

SODELI, GUTEN APPETIT!

OH, WIE DAS KÖSTLICH DUFTET!

IRGENDWIE SCHMECKT DIE SUPPE HEUTE GANZ ANDERS. WAS HAST DU GEMACHT?

ICH HAB ETWAS MEHR RAHM UND KNOBLI GENOMMEN ALS SONST!

HEILIGER EUSTACHIUS, HILF MIR!

ALSO, EINE SO WUNDERBAR FEINE KREBSSUPPE HABEN WIR ALLE NOCH NIE GEHABT, ICH MUSS DICH LOBEN!

JA! DAS IST WIRKLICH EINEN APPLAUS WERT!

AUF DIE KÖCHIN!

UFF!

DANKE!

AUCH WEINBERGSCHNECKEN HAT PAULINE
IHREN GÄSTEN GERN SERVIEREN LASSEN.

UND WEIL DIE NOCH VIEL SCHWIERIGER ZU
BEKOMMEN SIND, HAT GROSSVATER GYR MIT
EINER EIGENEN SCHNECKENZUCHT IM
HINTEREN TEIL DES PARKS BEGONNEN!

ABER AN EINEM HEISSEN SOMMERTAG HAT
IHM EIN ÜBERMASS DES NATIONALGETRÄNKS
EINEN TRAURIGEN STREICH GESPIELT.

SO HAT DIE SCHNECKENZUCHT MEINES
GROSSVATERS EIN ENDE GENOMMEN.

Pauline, die Weinstube und Rechtsanwalt Klöti

Allmählich wurde es Pauline zu viel, unter der Woche im Schwanen zu arbeiten und zu wohnen und nur an den Wochenenden die Villa zu benützen. Zudem war sie von den Rapperswilern nie wirklich akzeptiert worden; kein Wunder, nach dem mysteriösem Tod ihres Mannes, dem Jucker. Es zog sie nach Zürich, um dort ein exklusives Restaurant für die vornehme Gesellschaft zu eröffnen. Sie kündigte den Gyrs und verkaufte die Villa. Die Gyrs zogen zurück in die Innerschweiz, aber nicht mehr nach Steinen, sondern nach Einsiedeln.

Pauline machte sich in Zürich auf die Suche nach einem passenden Lokal und fand auch bald eines, das ihr gefiel. Die Eröffnung fand im Sommer 1929 statt, kurz vor der Weltwirtschaftskrise. Das exquisite kleine Restaurant lag an der Weingasse, direkt am Rosenhof, und nannte sich Weinstube. Es wurde schnell zu einem Begriff unter Zürichs Neureichen.

ALSO, ZUR VORSPEISE FÜR DEN HERRN EIN DUTZEND AUSTERN UND FÜR DIE DAME EIN TRÜFFEL-SÜPPLI.

UND EINE FLASCHE VEUVE CLICQUOT.

GENAU! UND DANN ZWEI FILETS MIGNONS MIT GRATIN DAUPHINOIS UND BOWÄÄRLI*!

JA, UND BITTE DIESEN WEIN MIT DEM BLATTGOLD DRIN. ER SOLL SEHR GUT SEIN, HAB ICH GEHÖRT.

ETWAS SPÄTER

JA, ER IST SEHR BELIEBT!

HERR WYSS DA HINTEN HAT SICH SCHON WIEDER DIE ZIGARRE MIT EINEM HUNDERTERNÖTLI ANGEZÜNDET

SO EIN OCHSE! UND TRINKGELD?

AUCH EIN HUNDERTER!

NA, DANN HAB ICH GEGEN SEINE ART, ZIGARREN ANZUZÜNDEN, NICHTS EINZUWENDEN!

HAHAHAHA!

EINER IHRER LIEBSTEN GÄSTE WAR DER RECHTSANWALT KLÖTI.

HALLO, HÜBSCHE WIRTIN! WIE GEHT'S? WIE STEHT'S?

OH, WIE SCHÖN, DER HERR KLÖTI! DANKE, GUT! UND IHNEN?

WUNDERBAR! ICH HABE GERADE EINEN SEHR HEIKLEN PROZESS GEWONNEN UND DABEI VIEL VERDIENT.

TOLL! DAS MÜSSEN WIR ABER FEIERN!

DARF ICH SIE ZU EINEM GLÄSLE CHAMPAGNER EINLADEN?

DANN MACHEN WIR DOCH ENDLICH DUZIS, EINVERSTANDEN? ICH BIN DIE PAULINE, PRÖSTERLE!

KLÖTI UND PAULINE KAMEN SICH SCHNELL NÄHER ...

MIT EINER ERFAHRENEN FRAU MACHT DIE LIEBE EINFACH VIEL MEHR SPASS!

STÖRT ES DICH NICHT, DASS ICH ÜBER ZEHN JAHRE ÄLTER BIN?

GLAUB MIR, DIE JUNGEN HÜHNER HABEN MIR NOCH NIE GEFALLEN! DU BIST GENAU RICHTIG! VON SO EINER FRAU WIE DIR HABE IMMER GETRÄUMT! SCHON ALS ICH DICH DAS ERSTE MAL GESEHEN HABE, WUSSTE ICH, DIE IST ES.

SO JUNGE KÜKEN HABEN ES DOCH NUR AUF MEIN MEIN GELD ABGESEHEN! ABER DU HAST JA SELBER WAS, DA MUSS ICH KEINE ANGST HABEN.

PAULINE GENOSS ES, VON EINEM VIEL JÜNGEREN
MANN DERART UMSCHWÄRMT ZU WERDEN. KLÖTI
LAS IHR ALLE WÜNSCHE VON DEN AUGEN AB UND
EROBERTE SIE MIT SEINER SELBSTSICHEREN ART
IM HANDUMDREHEN.

SCHÄTZLI, ICH HAB
HEUTE WAS MIT DIR VOR.
KOMM, ICH HABE IM BAUR
AU LAC FÜR UNS
RESERVIERT.

ACH JA?
WAS GIBT'S DEN
ZU FEIERN?

WART'S AB! ZUERST
ABER GEHEN WIR ZU
SPRÜNGLI, ICH MUSS NOCH
ETWAS SCHOGGI-GELD FÜR
UNSEREN AUSFLUG INS
TOGGENBURG HOLEN!

GELD AUS
SCHOKOLADE? IST
DAS WAS NEUES?

GENAU! ABER DAS
SOLLTEST DU DOCH
ALS AUTOFAHRERIN
KENNEN.

WARUM?

DAS HAT DER SPRÜNGLI
DOCH ERFUNDEN, DAMIT DIE
BAUERNTÖLPEL DEM SCHOGGI-GELD
NACHRENNEN, ANSTATT UNS
STEINE NACHZUWERFEN.

HAHAHA!
SOWAS! VERSTEHST
DU, WAS ALLE GEGEN UNS
AUTOMOBILISTEN HABEN?

SOGAR HIER IN DER
STADT GIBT ES NOCH
SOLCHE HINTERWÄLDLER! VOR
EIN PAAR WOCHEN SIND EINIGE
HAUSBESITZER IN MEIN
BÜRO GEKOMMEN ...

... UND WOLLTEN SICH AUSGERECHNET BEI MIR ERKUNDIGEN, WIE SIE SCHADENERSATZ EINKLAGEN KÖNNTEN!

SIE HABEN BEHAUPTET, DIE HAUSWÄNDE WÜRDEN VOM AUTOVERKEHR RISSE BEKOMMEN, DABEI FAHREN AUF DER BETREFFENDEN STRASSE KAUM MEHR ALS ZEHN AUTOS PRO TAG.

HAHAHA! DIESE UNTERBELICHTETEN WUSSTEN OFFENBAR NICHT, DASS ICH EIN SCHÄTZLI HAB, DAS EIN AUTO BESITZT! ICH HAB SIE DANN WEGGESCHICKT ...

JA, ES GIBT SCHON VIELE DEPPERTE AUF DIESER WELT!

ALS ICH KÜRZLICH IN BAUMA WAR, KAM EINE BÄUERIN DAHER UND SAGTE WÜTEND: "STINKEN KANN IHR AUTO, ABER PFERDEÄPFEL LIEFERT'S KEINE!"

UND DANN SAGTE SIE: "ES IST SCHON BALD SO SCHLIMM WIE AN DER BAHNHOFSTRASSE IN ZÜRICH!" HAHAHA!!

DABEI BIN ICH ÜBERZEUGT, DASS ICH SEIT LANGEM DIE EINZIGE AUTOFAHRERIN IN DER GEGEND GEWESEN BIN!

HAHAHA! EINE KÖSTLICHE GESCHICHTE!

NUN BIN ICH ABER GESPANNT AUF DIESES SCHOGGIGELD!

SPÄTER, IM HOTEL BAUR AU LAC

DARF ICH BITTEN? DER TISCH MIT DEM ROSENBUKETT IST FÜR SIE RESERVIERT.

OH, ROSEN? ICH HABE DOCH NOCH NICHT GEBURTSTAG!

HÖR MIR ZU, MEIN HERZ!

ZWAR IST ES NOCH NICHT LANGE HER, DASS WIR UNS KENNENGELERNT HABEN, ABER ...

... ICH BIN MIR GANZ SICHER. DESHALB FRAGE ICH DICH, PAULINE ...

... WILLST DU MEINE FRAU WERDEN?

JAAA!

ES GAB EINE GROSSE HOCHZEIT. PAULINE BEZAHLTE ALLES, SOGAR MEIN NEUES WEISSES HEMD. "DAMIT DER BUB ANSTÄNDIG DAHERKOMMT", SAGTE SIE.

32

IN EINER SCHWACHEN STUNDE KURZ NACH DER
HOCHZEIT ÜBERSCHRIEB PAULINE DIE WEINSTUBE
SOWIE IHR GANZES VERMÖGEN AN IHREN EHEMANN,
DEN RECHTSANWALT.

SO!
ES BLEIBT
JA IN DER
FAMILIE!

DANKE FÜR DEIN
VERTRAUEN. SO KANN ICH
JEDERZEIT SCHNELL HANDELN, WENN
ES NÖTIG SEIN SOLLTE. UND DER
UMGANG MIT DEN BEHÖRDEN WIRD
AUCH VIEL EINFACHER.

DU WEISST JA,
DASS DU MIR ABSOLUT
VERTRAUEN KANNST,
CHÄFERLI.

SOBALD DER VERTRAG IN SEINEN HÄNDEN WAR,
VERÄNDERTE SICH SEIN VERHALTEN MASSIV. ER
GAB DIE ARBEIT ALS RECHTSANWALT AUF UND
SPIELTE SICH IMMER MEHR ALS CHEF DER WEIN-
STUBE AUF:

MARTHELI, BRING UNS
DOCH NOCH EINE FLASCHE
CHÂTEAUNEUF-DU-PAPE.
AUF RECHNUNG DES
HAUSES, GELL.

GRÜEZI, HERR
BODMER! SCHÖN, DASS ICH
SO GUTE GÄSTE WIE SIE
HABE! DARF ICH MICH ZU
IHNEN SETZEN?

ABER,
SICHER, HERR
KLÖTI!

PAULINE,
DAS GLAS IST
NICHT SAUBER.
BRING MIR EIN
ANDERES!

WIE FÜHRT DER
KERL SICH BLOSS AUF?
ICH BIN DOCH NOCH
IMMER DIE WIRTIN
HIER!

PAULINE, WO
BLEIBT UNSER SCHAMPUS?
UND BRING DEM HERRN KÜENZI
NOCH EIN STÜCK VON DER
GÄNSELEBERPASTETE
ZUM PROBIEREN!

JETZT
REICHTS
ABER!!

WAS FÄLLT DIR
EIGENTLICH EIN, HIER
DEN CHEF ZU SPIELEN?!
NOCH BIN ICH DIE
WIRTIN!

GOPFERTECKEL, WAS IST MIT DIR LOS?! IST DAS DER DANK DAFÜR, DASS ICH MEINE ZEIT DAMIT VERPLEMPERE, HIER ALLES AM LAUFEN ZU HALTEN?!

VOR KURZEM HAST DU NOCH GESAGT, DASS ICH EINE GROSSE HILFE FÜR DICH SEI! SONST HÄTTEST DU MIR DIE BEIZ JA NICHT ÜBERSCHRIEBEN! DU UNDANKBARE PERSON!

HMMM, VIELLEICHT HAB ICH WIRKLICH ETWAS ÜBERREAGIERT..?

EIN PAAR WOCHEN SPÄTER

WO HAT MARTHA BLOSS DIE KERZEN HINGETAN? SIE LEGT IMMER ALLES AN DEN FALSCHEN ORT.

MARTHA!! WO HAST DU DIE KERZEN ...

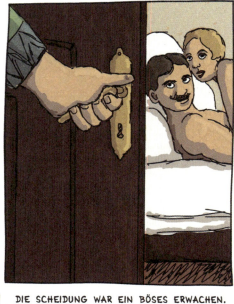

WAS?! ICH GLAUB'S NICHT! UND ICH HAB DIR UND DIESEM LUDER VERTRAUT!

JETZT REICHT'S! ICH LASS MICH SCHEIDEN!

NUR ZU, HAHA! DARAUF HAB ICH GEWARTET, DU ALTE SCHACHTEL!

DIE SCHEIDUNG WAR EIN BÖSES ERWACHEN. DIE WEINSTUBE UND IHR GESAMTES VERMÖGEN GINGEN AN DEN KLÖTI. KEIN ANWALT KONNTE IHR MEHR HELFEN.

GUTE FRAU, SIE SIND ELEND REINGELEGT WORDEN. SIE HABEN DOCH ALLEM ZUGESTIMMT, DA KANN MAN LEIDER NICHTS MEHR MACHEN.

DIE PAULINE WAR EINE KÄMPFERIN. SIE HAT NACH DER SCHEIDUNG NOCH EINMAL ALL IHRE KRÄFTE ZUSAMMENGENOMMEN UND DAS RESTAURANT CENTRAL AM LEONHARDSPLATZ* GEPACHTET. DAS HOTEL UND DAS RESTAURANT SIND DAMALS NOCH GETRENNT BEWIRTET WORDEN. SIE WAR ÜBERZEUGT, DASS SIE AN DIESER GUTEN LAGE DEM KLÖTI, DER DIE WEINSTUBE JA WEITER BETRIEB, KONKURRENZ MACHEN UND ALL IHRE GÄSTE ZURÜCKEROBERN KÖNNTE.

DAS GELD DAFÜR HAT SIE VON DER BANK BEKOMMEN. ABER NUR DANK ONKEL JAQUI. DER HAT IHREM GESCHÄFTSSINN VERTRAUT UND MIT SEINEM VERMÖGEN BEI DER BANK GEBÜRGT.

ABER DIE NEUE BEIZ IST LEIDER VON ANFANG AN NICHT GELAUFEN. ERSTENS, WEIL DER KLÖTI IMMERZU GEGEN SIE INTRIGIERT HAT UND DARUM DIE ALTEN KUNDEN NICHT IN IHR NEUES RESTAURANT KAMEN.

SALI, MUTTER!

UND ZWEITENS, WEIL SIE SCHON RECHT VERBITTERT WAR UND IMMER MEHR GETRUNKEN HAT.

HAST DU DENN KEINE GÄSTE?

NEIN! NIEMANDEN! NUR ICH UND DAS PERSONAL. MAGST DU AUCH EIN GLAS WEIN?

ONKEL JAQUI HAT ZU RECHT ANGST UM SEIN VERMÖGEN BEKOMMEN. UND SO WIE PAULINE IHRE SORGEN MIT ALKOHOL RUNTERGESPÜLT HAT ...

GERN, ABER NACH DIESEM SCHOCK BRAUCHE ICH ERST MAL EIN GLAS WASSER. FÜR MEIN MEDIKAMENT!

... HAT DER JAQUI VERSUCHT, SEINE PROBLEME MIT MORPHIUM ZU VERDRÄNGEN. ABER ES HAT BEI BEIDEN NICHT GEKLAPPT....

PAULINE IST KONKURS GEGANGEN UND ONKEL JAQUI HAT SEIN GANZES VERMÖGEN VERLOREN.

*SO HIESS DAS CENTRAL BIS 1954

35

OB NOCH ANDERE PROBLEME DAZUGEKOMMEN SIND, WEISS ICH NICHT. JEDENFALLS HAT SICH ONKEL JAQUI ERSCHOSSEN.

DER SELBSTMORD SEINES BRUDERS HAT MEINEM VATER SCHWER ZUGESETZT. SO SCHWER, DASS ER FÜR LANGE JAHRE DEN KONTAKT ZU SEINER MUTTER ABGEBROCHEN HAT! ABER MIT IHRER SCHWESTER, TANTE MINA, HAT ER NACH WIE VOR VERKEHRT.

SIE WAR JA SCHON IMMER EINE ART ERSATZMUTTER FÜR IHN GEWESEN, WEIL SICH DIE EIGENE MUTTER NICHT UM IHN GEKÜMMERT HATTE.

DU ERINNERST DICH DOCH SICHER NOCH AN DEINE URGROSSTANTE MINA?

JA, WIE KÖNNTE ICH DIE VERGESSEN.

ALS ICH EIN KLEINES MEITLI WAR, HAT SIE MIR EINMAL EIN GLAS WEIN GEGEBEN UND BEHAUPTET, ES SEI SIRUP!

WORAUF ICH DEN GANZEN WEIN ÜBER IHR WEISSES TISCHTUCH GESPUCKT HABE. SIE HAT NUR GELACHT.

JA, SO WAR SIE! DIE VERRÜCKTE NUDEL HAT IMMER GERN SOLCHE SPÄSSE GEMACHT!

MINA WAR LANGE MIT ONKEL ADOLF, EINEM TRAMFÜHRER, VERHEIRATET GEWESEN!

ZU IHREM LEIDWESEN BLIEBEN DIE BEIDEN KINDERLOS. ALS ICH AUF DIE WELT GEKOMMEN BIN, HAT SIE MICH SOFORT INS HERZ GESCHLOSSEN. IM GEGENSATZ ZU MEINER GROSSMUTTER PAULINE.

Tante Mina
und die Hardau

Leider ist der Mann von Tante Mina, Onkel Adolf, bald gestorben. Nach seinem Tod ist Mina häufig in die Hardau gegangen. Sie hatte dort einen neuen Schatz, den Blechbauchmaier, er war ein Jenischer. Mina kannte alle Leute dort. Die Hardau liegt gleich hinter dem Albisriederplatz und war ein Ort extra für die Fahrenden. Die haben dort den Winter verbracht. Nur die alten und kranken Fahrenden, die keine Kraft mehr hatten um umherzuziehen, haben das ganze Jahr über dort gewohnt.

Meine Eltern haben mich öfters zu Mina gegeben. Jedesmal, wenn meine Mutter abtreiben ging, hat sie mich zu Mina gegeben. Nach meiner schweren Geburt hatte sie so schreckliche Angst vor dem Gebären, dass sie kein Kind mehr wollte. Dank Tante Mina habe ich all die spannenden Leute in der Hardau kennengelernt. Ich kann mich noch ganz genau an das erste Mal erinnern, als sie mich mitgenommen hat.

HARDAU, 1927

SO, MIGGELI, HEUTE GEHEN WIR EINEN ALTEN FREUND BESUCHEN, DER MIT SEINEM ELEFANTEN HIER LEBT.

SCHAU, DORT HINTEN IM ROTEN WAGEN WOHNT ER!

AHA, DIE MINA! UND WER IST DENN DAS HERZIGE BÜEBLI AN DEINER SEITE?

HALLO, FRANZ!

DAS IST DER MIGGELI, MEIN GROSSNEFFE!

SALI, MIGGELI, MÖCHTEST DU EIN SIRÜPLI?

JA, GERN!

KOMMT, SETZT EUCH. ICH HOL SCHNELL ETWAS ZU TRINKEN.

SO, MINA, DA HAST DU DEINEN KAFFEE UND FÜR DEN MIGGELI EINEN SIRUP.

GEMÜTLICH HAST DU ES HIER! ABER FEHLEN DIR DEINE TIERE NICHT?

ACH, REDEN WIR NICHT DAVON, DAS IST EINE TRAURIGE GESCHICHTE.

WEISST DU, DER FRANZ WAR FRÜHER MIT SEINEN TIEREN ÜBERALL AUF DER WELT!

PARIS! LONDON! WIEN! DAS WAREN NOCH ZEITEN! ICH HATTE DIE GRÖSSTE TIGER- UND LÖWEN-NUMMER.

WO SIND DENN DEINE LÖWEN?

ICH HAB LEIDER KEINE RAUBTIERE MEHR. HAB SIE BEI EINEM UNGLÜCK VERLOREN.

ABER MEIN ELEFANT IST MIR GEBLIEBEN!

DARF MIGGELI IHN FÜTTERN? ICH HABE EXTRA ÄPFEL MITGEBRACHT!

JA, NATÜRLICH. DA WIRD ER SICH FREUEN. KOMMT!

Bleib ganz ruhig, hab keine Angst! Wart nur, bis er dir den Rüssel entgegenstreckt, er ist nämlich blind.

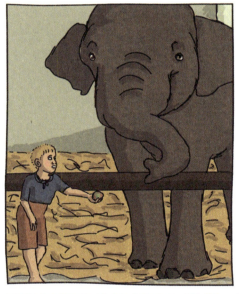

Oh, der ist ganz sachte mit seinem Rüssel!

Das ist aber ein Lieber!

Durch die vielen Besuche mit Mina habe ich bald viele Bewohner der Hardau kennen gelernt.

Das ist Tina, Miggeli. Noch vor ein paar Jahren wurde sie jeden Abend im Variété von ihrem Mann zersägt.

Ja, aber jetzt bin ich zu alt dafür, jetzt verkaufe ich Magenbrot und Zuckerwatte an der Chilbi!

Hallo, Rinaldo! Das ist Miggeli!

Tust du Frauen zersägen?

41

NEIN, NEIN, ICH BIN FEUERFRESSER UND SCHWERTSCHLUCKER!

RIECHST DU DESWEGEN SO STRENG NACH PETROL?

SCHLAUES BÜEBLI!

HALLO, METROPOLIS!

SALI, MINA! KOMMST DU MIR BEIM WAGEN STREICHEN HELFEN? HAHAHA!

DAS IST METROPOLIS, DER ROBOTERMENSCH! WENN ER EINE GLÜHBIRNE ZWISCHEN SEINE ZÄHNE STECKT, LEUCHTET SIE!

WAS, SO ETWAS KANNST DU?

AM MEISTEN BEEINDRUCKT HAT MICH ABER, NEBST FRANZ MIT SEINEM ELEFANTEN, DER BLECHBAUCHMAIER. DAS WAR DER NEUE SCHATZ VON DER MINA. ER HATTE EINEN ZAHMEN RHESUSAFFEN, DEN KÖBELI.

SEINEN SPITZNAMEN HATTE ER, WEIL SEIN BAUCH- NETZ MEHRMALS GERISSEN WAR UND SEIN BAUCH DIE GEDÄRME NICHT MEHR HALTEN KONNTE.

HEUTE WÜRDE MAN IHN OPERIEREN, ABER DA- MALS GAB'S NUR EINE BAUCHBINDE AUS BLECH.

GUTEN MORGEN, KÖBELI! DA HAST DU DEIN ZMÖRGELI*!

*VERKLEINERUNGSFORM VON "ZMORGE" = FRÜHSTÜCK

42

ER SPIELTE JEWEILS MIT SEINER DREHORGEL AN DER CHILBI UND DER KÖBELI HAT DAZU GETANZT UND CHARMANT DEN HUT FÜRS GELD GEHALTEN.

SO, KÖBELI, JETZT KOMMT UNSER MORGENRITUAL, GELL!

BIST EIN GANZ BRAVER. WIE DU DEINEM AFFENVATER DIE GLATZE LAUST, HAHAHA!

ES WAR GERADE EIN MAIKÄFERFLUGJAHR. ICH HATTE EIN GANZES SÄCKCHEN VOLL MIT DIESEN TIERCHEN GESAMMELT UND BESUCHTE DAMIT DEN BLECH-BAUCHMAIER.

HEREIN!

SALI, MIGGELI! WAS BRINGST DU MIR SCHÖNES MIT?

SALI, BLECHBAUCHMAIER! ICH HAB DEM KÖBELI MAIKÄFER MITGEBRACHT. DARF ICH IHN DAMIT FÜTTERN?

JA, KLAR! DU WEISST JA, WIE VERRÜCKT ER DANACH IST!

KOMM, KÖBELI! SCHAU, HIER IST DEIN LIEBLINGSESSEN!

ALS ICH AM NÄCHSTEN TAG WIEDERKAM ...

DAS EINZIGE MAL, ALS DER ZIRKUS SARRASANI IN DER HARDAU WAR, HABE ICH DANK BLECHBAUCH-MAIERS BEZIEHUNGEN EIN PAAR FREIBILLETTE BEKOMMEN.

ICH UND MIGGELI GEHEN IN DEN ZIRKUS SARRASANI, DIE INDIANER BESTAUNEN! MÖCHTET IHR ZWEI NICHT MITKOMMEN?

ICH HAB DIR DIE ZEITUNG MITGEBRACHT. LIES MAL, WAS DIE DRÜBER SCHREIBEN.

"DIE STOLZEN, GROSSGEWACHSENEN, GUT RIECHENDEN INDIANER IM SARRASANI HABEN SCHON IN ETLICHEN FRAUENHERZEN MANCHERLEI VERWIRRUNG ANGERICHTET!"

"KÜRZLICH ABER WURDE ENTDECKT, WESHALB SIE SO GUT RIECHEN. WENN DIE EINE ODER ANDERE VEREHRERIN IHNEN ETWAS SCHENKEN WOLLTE, BATEN SIE UM EAU DE COLOGNE."

"STATT DIESES NUN ABER ALS PARFÜM ZU VERWENDEN, TRANKEN SIE ES AUS!"

"DARUM BITTET DER ZIRKUS SARRASANI DIE FRAUEN, DEN INDIANERN KEIN EAU DE COLOGNE ODER SONST ETWAS ALKOHOLISCHES MITZUBRINGEN." HAHA!

VERRÜCKT, GELL!

DAS IST JA RICHTIG UNHEIMLICH, SO WILDE KERLE!

GENAU! DAFÜR LOHNT ES SICH DOCH MAL, IN DIE HARDAU ZU GEHEN!

MEINST DU NICHT?

MIGGELI HAT VIER FREIBILLETTE BEKOMMEN! KOMM DOCH MIT, DU UND ALBERTLI! IHR SEID EINGELADEN!

FÜR MICH WAR DAS EINE GANZ TOLLE AUFFÜHRUNG!
DASS DIE INDIANER FAST WIE TIERE AUSGESTELLT
WORDEN SIND, HAB ICH ZUERST NICHT GEMERKT.

SCHAU MAL, WIE GUT
DIE REITEN, MAMI! FAST
WIE IN DER PRÄRIE!

DIE HABEN
SICHER VORHER
NOCH AM PARFÜM
GENIPPT, HAHA!

DU BIST
GEMEIN,
MAMI!

OH NEIN!
DAS IST JA
KURIOS!

DIE
SPINNEN, DIE
INDIANER!

NEIN, MAMI, DAS IST
DOCH DER TANZ DES
MEDIZINMANNS, GELL
ALBERTLI?

NACH DER VORSTELLUNG GINGEN WIR NOCH IN DIE
TIER- UND VÖLKERSCHAU. DORT HÖRTE ICH WIE DIE
MEISTEN BESUCHER ÜBER DIE INDIANER DACHTEN.

SCHAU MAL,
HEINZ, WIE
HÄSSLICH DIESE
INDIANERWEIBER
AUSSEHEN IN IHREN
NACHTHEMDEN.

PST! NICHT
SO LAUT, HEDI!

PAAH! DIESE
WILDEN VERSTEHEN
DOCH SOWIESO KEIN
WORT!

SCHAU,
IN SOLCHEN
ZELTEN LEBEN
DIE INDIANER!

DIESER GOCKEL
SCHEINT DIR ZU
GEFALLEN.

VIELLEICHT,
WENN ER ETWAS
ZIVILISIERTER WÄRE.
HAHAHA!

VON HINTEN
SIEHT ER AUS WIE
EIN AUFGEBLASENER
TRUTHAHN!

DER BLÖDIAN
WEISS GAR NICHT, WEN
ER DA VOR SICH
HAT!!

DU, MAM! DAS
IST EIN GANZ GROSSER
HÄUPTLING!

SOSO!
WIE KOMMST DU
DENN DARAUF?

DAS SAGT DER
BLECHBAUCHMAIER!

IM HERBST WAR ICH EIN WEITERES MAL MIT TANTE MINA BEIM BLECHBAUCHMAIER. DIE BEIDEN HABEN KARTEN GESPIELT UND DAZU "PITSCHIBÖMBERLET". WAS DAS GENAU IST, ERZÄHLE ICH SPÄTER. MIR WAR AUF JEDEN FALL LANGWEILIG IM WOHNWAGEN.

AH, SALI, MINA! KOMM REIN INS SCHARETT*!

ICH HAB NOCH DEN MIGGELI MITGEBRACHT!

ICH UND KÖBELI HABEN NICHT GERN GEJASST*!

DARF ICH MIT KÖBELI ETWAS SPAZIEREN GEHEN?

JA, ABER HALT IHN GUT FEST.

RUHIG, BLÖDER KAILOFF*!

NEIN, KÖBELI! DER KANN DIR NICHTS TUN! DER IST DOCH AN DER LEINE!!

KOMM RUNTER, KÖBELI! SCHAU, ICH HAB EIN ZUCKERSTÜCK FÜR DICH!

WENN DU NICHT RUNTERKOMMST, DARF ICH NIE MEHR MIT DIR SPAZIEREN GEHEN! KOMM DOCH RUNTER! SEI BRAV, KÖBELI!

OH NEIN! SO DUMM! ICH MUSS SOFORT DEN BLECHBAUCHMAIER HOLEN!

*SCHARETT= WAGEN/KUTSCHE
*JASSEN= KARTEN SPIELEN
*KAILOFF= "HUND" AUF JENISCH

SOGAR AN DEN KÄLTESTEN NOVEMBERTAGEN
BESUCHTE TANTE MINA DEN BLECHBAUCHMAIER.

MEISTENS HABEN DIE BEIDEN DANN ZUSAMMEN
"GEKIRSCHELT" ODER, WIE SIE DAS AUCH NANNTEN,
"PITSCHIBÖMBERLET".

SALI MINA, KOMM SCHNELL INS WARME!

TAG, MEIN SCHÄTZCHEN! ICH HAB DIR EIN FLÄSCHCHEN KIRSCH MITGEBRACHT!

DAS REZEPT: MAN NEHME EINEN GROSSEN LÖFFEL
ZUCKER, KARAMELLISIERE IHN ÜBER EINER KERZE
UND LÖSCHE DAS GANZE MIT KIRSCH AB.

DAS IST EIN GEFÄHRLICHER GÖTTERTRANK,
WIE VON BACCHUS SELBST ERFUNDEN!

KÖSTLICH!

JAJA, KARAMELL MACHTS AUS! MJÄMMMJÄMM

DIE WIRKUNG TRITT SCHNELL EIN UND JEDER
SPÜRT DIE EKSTASE.

UNSRE MAGD HOT FISCHLEN BUTZT, HINTERE HOHLEN EICHE.

NA ISCHERE ONS IS PFITZLE PFUTZT,

ETZT KA SI NUMME SEICHE.

HAHAHA! MINA! WAS SINGST DU DENN DA FÜR EIN LUMPENLIEDLI?

DAS HAB ICH AUS MEINER ALTEN HEIMAT IN DIE BRAVE SCHWEIZ MITGEBRACHT!

IN EINER SOLCHEN EKSTASE ...

ABER EIN PAAR TAGE SPÄTER...

DAS NEUE BLECH WAR VIEL BESSER, DA ES LÖCHER FÜR DIE BELÜFTUNG HATTE.

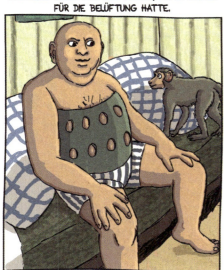

ER HAT ES DANN NOCH VIELE JAHRE GETRAGEN.

DAS ALTE BLECH HAT SEIN NACHBAR, DER TIERLI-CHARLIE, VOR SEINEM WOHNWAGEN ALS BLUMEN-SCHALE FÜR DIE GERANIEN BENUTZT.

DIE TOLLSTEN WEIHNACHTEN UND DAS SCHÖNSTE NEUJAHR HABE ICH BEIM BLECHBAUCHMAIER IN DER HARDAU ERLEBT. MIT TANTE MINA, DIE ÜBER DIE FESTTAGE OFT BEI IHM WAR.

MEINE MUTTER LAG WEGEN EINER IHRER ABTREIBUNGEN, AN DER SIE FAST GESTORBEN WÄRE, SECHS WOCHEN IM SPITAL. EINE WIRKLICH GEFÄHRLICHE UND KRIMINELLE GESCHICHTE! MAN KANNTE DAMALS NOCH KEIN PENICILLIN UND ABTREIBUNGEN WAREN STRENGSTENS VERBOTEN. SIE KAM DESWEGEN FAST INS GEFÄNGNIS.

MEIN VATER ARBEITETE NACHTSCHICHT BEI DER POST, ER HATTE KAUM ZEIT, ZU MIR ZU SCHAUEN.

DU, TANTE MINA, DASS SICH DER METROPOLIS MIT DER GLÜHBIRNE AN DIE STECKDOSE ANSCHLIESSEN LÄSST, IST DAS EIGENTLICH EIN TRICK ODER WIRKLICH GEFÄHRLICH?

DAS IST NATÜRLICH EIN TRICK. ABER DASS ER SICH DAZU WIE EIN ROBOTER BEWEGEN KANN, DAS IST SEIN TALENT!

UND RINALDOS SCHWERT? IST DAS ZUSAMMENLEGBAR?

SO KAM ICH ÜBER DIE FESTTAGE ZU TANTE MINA. UND SIE NAHM MICH MIT ZUM BLECHBAUCHMAIER.

NEIN, SCHÄTZCHEN, DAS SCHWERT IST ECHT UND RINALDO EIN RICHTIGER SCHWERTSCHLUCKER! ER ÜBT DAS TÄGLICH.

OH! DAS IST ABER RICHTIG GEFÄHRLICH, ODER?

JA! DAS IST ES! ER MUSS JEDEN TAG ÜBEN, AUCH ZUHAUSE. ER DARF DIE KONTROLLE ÜBER SEINEN BRECHREIZ NICHT VERLIEREN! DAS KÖNNTE SONST SEHR RISKANT WERDEN!

SO, DIE WAFFELN SIND FERTIG! NUN GIBTS NOCH EINEN KAKAO MIT ZIMT UND HONIG!

EINE GANZ LIEBE GROSSTANTE HAST DU! DIE VERWÖHNT UNS JA WIE HERRENSÖHNCHEN, GELL, MIGGELI!

SPÄTER GEHEN WIR RAUS UND SCHMÜCKEN DAS BÄUMLI. WENN DU WILLST, DARFST DU AUCH MITHELFEN.

DER WEIHNACHTSSCHMUCK BESTAND AUS SELBSTGEBASTELTEM STANNIOL-SCHMUCK UND ROTEN ÄPFELN.

UND DANN WURDE SILBERNES LAMETTA UM DEN BAUM GEWICKELT.

BRINGT DAS CHRISTKINDLI DEM KÖBELI AUCH WAS, BLECHBAUCHMAIER?

JA, ES GOLDIGS NÜTELI, ES SILBRIGS NIENEWÄGELI UND ES LANGS, LANGS HETTIGERNDLI*. HAHAHA!

UND WANN ZÜNDEN WIR DAS BÄUMLEIN AN?

SOBALD ES DUNKEL IST, KOMMT DAS CHRISTKINDLI.

UND SO

STIIILLE NAACHT, HEILIGE NAACHT, ALLES SCHLÄFT ...

BRRR! IST DES KALT! KOMMT, WIR GEHN WIEDER REIN, AN DIE WÄRME! DORT KANNST DU DEI GESCHENKLE AUSPACKEN, FISELCHE*!

VIELEN DANK FÜR DIE TOLLEN SOCKEN!

OH NEIN, KÖBELI, DU VERFRESSENER KERL, HAST ALLE WAFFELN AUFGEFRESSEN! WENN DIR NUR NICHT WIEDER SCHLECHT WIRD!

LASS IHN DOCH! DAS ARME TIER WILL HALT AUCH WAS VON WEIHNACHTEN HABEN!

IST IMMER NOCH BESSER ALS EIN SILBERNES HETTIGERNDLI!

*EIN SILBERNES NICHTS, EIN GOLDENES NIRGENDS-WÄGELCHEN UND EIN LANGES HÄTTICHGERN.
*FISELCHE = JENISCH, "KLEINES BÜBCHEN"

AM NÄCHSTEN MORGEN

UAAAHHH!

GUETS MÖRGELI, MIGGELI! HAST DU GUT GESCHLAFEN AUF DER MATRATZE AUF DEM BODEN?

KOMM, DARFST MAL AUFS BLECH KLOPFEN, DAS BRINGT GLÜCK!

TOCTOC

HIHIHI!

DIE WOCHE BEIM BLECHBAUCHMAIER GING SCHNELL VORBEI UND SCHON WAR SILVESTER.

WAS MACHST DU MIT ALL DEN ORANGEN, TANTE MINA?

DAS GIBT GLÜHWEIN FÜR UNSERE GÄSTE!

GÄSTE?

JA, WEISST DU, IN DER HARDAU IST ES BRAUCH, DAS MAN SICH AM SILVESTERABEND GEGENSEITIG BESUCHT UND SICH GLÜCK UND ERFOLG FÜR DIE NÄCHSTE SAISON AUF DER WALZ WÜNSCHT!

AM ABEND KAMEN VIELE LEUTE BEI UNS IM KLEINEN WOHNWAGEN ZU BESUCH. DER BLECHBAUCHMAIER HATTE NUR DREI STÜHLE. DESHALB SASSEN SIE AUF HARASSEN UND KLEIDERKISTEN.

NOCH ETWAS PUNSCH?

WER WILL NOCH EIN STÜCK SPECKKUCHEN?

ICH NEHM GERN NOCH EINS, DANKE!

WIE GEHTS DEINEM ELEFANTEN?

DER HAT EINE KISTE RÜEBLI BEKOMMEN. ZUR FEIER DES TAGES!

ZUM WOHL, MITEINANDER!

AUF DIE KÖCHIN!

PROST!

KÖSTLICH, DEINE WÄHE, MINA!

ES IST SCHON HALB ZWÖLF! KOMMT, WIR GEHEN NOCH ZU APOLLONIA!

SALI, APOLLONIA! DÜRFEN WIR REINKOMMEN?

SCHÖN, DASS IHR HIER SEID. MAG NOCH JEMAND EIN STÜCK APFELKUCHEN?

DAS IST LIEB, APOLLONIA, ABER ICH BIN SCHON TOTAL VOLLGEFRESSEN!

GEFÄLLT ES DIR BEI UNS, MIGGELI?

UND WIE! ES IST TOTAL TOLL BEI EUCH! ICH GLAUBE, ICH WERDE AUCH KÜNSTLER, WENN ICH GROSS BIN!

SO EIN GESCHEITES KERLCHEN!

LIEBE LEUTE, ES IST GLEICH ZWÖLF! FÜLLT DOCH EURE GLÄSER UND KOMMT RAUS ZUM ANSTOSSEN!

SO EINEN ZUSAMMENHALT HABE ICH NUR UNTER FAHRENDEN ERLEBT!

DAS WAR EINE GESEGNETE NACHT FÜR MICH! ICH GLAUBE, SO GLÜCKLICH BIN ICH DANACH NIE WIEDER EINGESCHLAFEN!

*GLÜCK- UND SEGENSWUNSCH

NOCH HEUTE HABE ICH HEIMWEH NACH DER HARDAU UND ÜBERHAUPT NACH DER STIMMUNG BEI DEN FAHRENDEN!

ABER AUCH NACH DER HERDERN SEHNE ICH MICH VIEL. DIE GIBTS JA AUCH SCHON LÄNGST NICHT MEHR!

HERDERN?

DIE HERDERN WAR EIN GROSSES SCHÖNES RIED HINTER DEM ESCHER-WYSS-PLATZ.

ES WAR MEIN ZWEITES PARADIES, IN WELCHEM ICH OFT ALLEINE ODER MIT MEINEM VATER ZEIT VERBRACHTE.

DORT WAR UNSER JAGDREVIER, WENN BEI UNS MAL WIEDER GELD FEHLTE. WIR FINGEN DORT FISCHE, FRÖSCHE, SCHNECKEN, TAUBEN UND HOLTEN WILDKRÄUTER.

MEIN VATER HATTE EINEN BESONDEREN TRICK, UM DIE FRÖSCHE ZU FANGEN

AUCH IN DER HERDERN HATTEN SICH EIN PAAR AUSSENSEITER EINE ART HEIMAT EINGERICHTET.

ABER DAVON ERZÄHLE ICH DIR EIN ANDERMAL! WOLLEN WIR GEHEN?

GUT!

Emil Medardus Hagner
Ausschnitte aus
seinen Aufzeichnungen

① Zuerst muss ich einmal anfangen mit einer Geschichte aus dem Hardau. Die Herderen (Ried) und der Hardau (Wohnwagenplatz) waren für mich meine zweite Heimat, weil ich mich dort als Bube und Jüngling (in meiner Freizeit) immer herumtrieb.
Auch meine liebe Tante Mina. Meine Grossmutter die Paula war damals Wirtin. Die Tante Mina wie die Grossmutter, waren im Teint ganz dunkel wie die Zigeunerinnen. Die Grossmutter Paula etwas heller. Sie hatte auch keine zusammen-gewachsenen brauen wie die Tante Mina. Keine so Augen- Auch schönen Zähne wie die Mina-Tante. Sie hatte nur ein Gebiss. Die Tante Mina aber echte.

③ Die Mina-Tante hatte aber dann den Onkel Adolf geheiratet. Der war Tramwagenführer beim Fünfer-Tram. Aber nicht jenen Fünfer der an der Gloriashane die grosse Mauer rammte. An jenem Tage hatte er frei. Der Onkel Adolf hatte in der Stirne nur einen Gesichtsfalt, wie sein späterer Rivale (als er schon gestorben war) einen solchen Genickfalt hatte.) Sein späterer Rivale war dann der Blechbauchmaier vom Hardau. Dem Onkel Adolf sein Gesichtsfalt Konnte sich je nach seiner Stimmung sehr verändern. Sonst sah man ihm aber nichts an.

④ Beim späteren Busenfreund der Tante Mina, veränderte sich das Gesicht schon aber der Falt im Genick des Blechbauch-Maiers blieb immer gleich. Der Blechbauchmaier war eben ein sehr dicker Mann. Das Blech hatte er vom Doktor erhalten weil das Bauchnetz das zerissen war, die Gedärme nicht mehr halten Konnte. Jetzt hielts aber wieder. manches Jahr, bis zu seinem zweiten Blech, dass er dann mit bis in den Tod nahm. aber wie gesagt, der Genick-falt blieb immer gleich!

⑤ Der Blechbauch-Maier der in einem Wohnwagen im Hardau wohnte, hatte aber einen zahmen Affen inhaftiert. Im Maien gab ich dem dann immer Maikäfer zu fressen. Der Knusperte dann damit, als wären es Pommes frites. Er war ganz verrückt nach Maikäfern.

Der Maier gab ihm danach noch Bier aus der Flasche. Nach der dritten Flasche wurde der Affe fidel.

⑥

Bei der Vierten musste der Blech-Maier dem Affen die Kette lösen. Der Affe wollte die fünfte nicht mehr hergeben. (Konnte sie aber nicht öffnen da er die hatte zu grösste Mühe sich selbst stützen. So etwas selbst war mir ganz neu.

⑦

⑧ Am nächsten Tage besuchte ich den Maier wieder und brachte ihm fünf Flaschen Bier von der Mina-Tante. Der Maier sagte dann zu mir: Junge, du hast den Affen mit deinen Maikäfern ganz Krank gemacht. Gestern Nacht hat er mir die ganze Wohnung verkotzt. das Bier macht ihm gar nichts aus. Jetzt ist er wegen Dir krank und bekommt einige Tage nur Thee und Reisschleim zum es sen. Dann sagte er (er schwäbelte Deutsch): Sag der Mina einen schönen Gruss und Du hättest wegen den fünf Flasche nicht zu komme brauche

Im Kalten November besuchte die Mina-Tante oft den Blech-bauch-Maier in seiner Klause. Meistens Kirschelten sie dann zusammen. ZUG Das Rezept: Man nehme einen Löffel, schütte Zucker hinein und röste bis Zucker braun. Dann lösche man das Ganze mit Kirsch! Das ist dann ein Göttertrank von selbst. Die Wirkung Bachus tritt ein. mann nach 2-3 Stunden Dann spürt jeder-mann die Ekstase. Der einzige Nachteil! Je nach Chavakter!

⑨

(10) In einer solchen Ekstase schmiss der B-Maier einmal sein Blech zum Wohnwagenfenster hinaus. Er bekam aber nachher Schmerzen und musste ein neues Blech bestellen. Der Tierli Tscharli, der einen Esel hatte, benützte dann das erste Blech für Allerlei!

(12) Das zweite Blech dass der Maier dann bekam hatte Löcher wegen dem Schwitzen. Er trug es aber von jetzt an unter dem Hemde. Einmal durfte ich, da ich ihm das nicht glaubte, ganz fest mit der Faust eins draufklopfen. Der Resus-Affe aber war in der Zwischenzeit gestorben. Der Blechbauch-Maier trauerte um ihn wie um einen Freund. Die Tante Mina tröstete ihn dann immer. Sie brachte ihm Bier Wein und Kirsch. Da war er wieder zufrieden. Nur mit dem zweiten Blech konnte er sich nicht abfinden. Er jammerte deswegen allzu viel.

Bevor ich aber zum Frondienst Schule komme, noch etwas vom Hardau. Da wohnte auch der Rinaldo ein Freund von mir. Er war Feuerfresser und Schwertschlucker. Musste darum immer Petroleum trinken. Der Metropolis der Robotermensch kannte ich auch. Der Hellseher Tagor glich ihm aufs Haar nur hatte er ein kleines Bäuchlein. Der Rinaldo war immer hell gekleidet. **(27)**

Tagor Metropoliss Rinaldo

Als der Zirkus Sarasani im Hardau war, gäb es grosse Sensationen. Die Sioux-Indianer gaben einen Überfall auf eine Post-Kutsche zum besten. Auch tanzten sie dann noch den Adlertanz. Hatten fast alle Spiegel im Rücken. Das war ganz bezaubernd. Sie spielten auch **(30)**

noch mit Thomahawks und Bowie-Messern.

(31) Auch duftete es immer so stark in der Menagerie bei den Indianern. Sehr gut!! Der Sarasani hatte aber mit Ihnen das grösste Problem (auch schon in Berlin gehabt.) Die Hausfrauen liebten eben überal die Indianer und gaben ihnen Geschenke. Sie dufteten eben zeitweise wie das Blumenmeer in der Prärie. Aber das kam nur davon, weil die Sioux-Indianer von den Hausfrauen immer nur volle Parfüm-Flaschen verlangten. Die schöne Verpackung warfen sie sogleich fort und tranken all den ganzen "In halt sofort aus." Sie schätzten eben das Feuerwasser soviel von den Zürcher Hausfrauen, wie von den Berlinerinnen.

Die Autorin bedankt sich insbesondere bei:

Albert Jörimann, Daniel Schnurrenberger, Carmen Berchtold, Claudia Below, Julia Schürer, Teresa Zuberbühler, Livio Ghisleni, Beatrice Schmid, Annegret Meer, David Basler, Christophe Badoux, Christoph Schuler, Julia Marti, meiner Mutter Ruth Hagner sowie allen meinen Freundinnen und Freunden, die mich immer wieder motiviert haben und für mich da waren. Ein ganz grosses Dankeschön geht auch an alle Personen, die sich für den Comicbuchpreis der Berthold-Leibinger-Stiftung einsetzen sowie an das Literaturhaus Stuttgart. Dank geht auch an die Pestalozzi Bibliothek Zürich und die Zentral Bibliothek Zürich sowie an das Baugeschichtliche Archiv und das Stadtarchiv der Stadt Zürich.

Der Verlag dankt dem Edition Moderne Fanclub:

Christoph Asper
Gaby Basler-Bolle
Michael Bischof
Thomas Eppinger
Beat Fankhauser
Jürgen Grashorn
Christian Greger
Wenzel Haller
Beatrice Hauri & Werner Beck
Reto Hochstrasser
Hans-Joachim Hoeft
Stephan König
Claude Lengyel
Marius Leutenegger
Leif Lindtner
Torsten Meinicke
Julia Marti & Diego Bontognali
Juan Ortega
Christian Schmidt-Neumann
Sequential Art Rostock
Hartwig Thomas
René Zigerlig

Serpentina Hagner in der Edition Moderne:
Der Märchenmaler von Zürich (2017)

ISBN 978-3-03731-179-0
© 2018 Verlag bbb Edition Moderne AG
Serpentina Hagner

Edition Moderne
Eglistrasse 8
CH – 8004 Zürich
www.editionmoderne.ch

Lektorat: Christoph Schuler
Gestaltung: Julia Marti und Claudio Barandun
Druck: Jelgavas Tipogrāfija, Jelgava, Lettland

Der Verlag bbb Edition Moderne AG
wird vom Bundesamt für Kultur
mit einem Strukturbeitrag für die
Jahre 2016—2020 unterstützt.